AF585864

COMPLÉMENT DE L'HISTOIRE,

PAR

PAULIN TEULIÈRES,

Auteur de plusieurs ouvrages qui ont obtenu le suffrage de l'Université.

Bureau provisoire :

PARIS,

47, RUE DE LUXEMBOURG, QUARTIER DE LA MADELEINE.

1850.

TYPOGRAPHIE DE VEUVE LAMAIGNERE NÉE TEULIÈRES, A BAYONNE,
RUE BOURG-NEUF, 1.

PRÉFACE.

L'Histoire, pour ne pas retarder son mouvement, pour ne pas se distraire des faits essentiels, abrége ou supprime une foule de détails, qui cependant lui sont nécessaires et qui présentent d'ailleurs par eux-mêmes beaucoup d'intérêt. Pour ces détails, elle compte évidemment sur des livres secondaires qui doivent, en effet, la compléter. C'est un de ces livres que nous voulons mettre à la disposition de nos Élèves dans notre *Complément de l'Histoire*.

Une place y sera naturellement ouverte à toutes les institutions, à toutes les découvertes, à toutes les inventions, à tous les progrès, à tous les éléments de la civilisation.

L'Histoire n'est pas, en effet, une sèche nomenclature de dates et de noms. Elle doit, recommençant les siècles, refaire pour ainsi dire le passé, et, par ce panorama plein d'animation, nous rendre contemporains, en quelque sorte, de tous les peuples et de toutes les époques. Il ne suffit même pas qu'elle nous fasse assister avec intelligence aux grandes scènes de la vie extérieure ou politique des nations. Il faut aussi qu'elle nous introduise jusque dans leur foyer domestique, pour nous initier à leurs idées et à leurs mœurs, à leurs besoins et à leur industrie. Car, sans ces détails de leur vie intérieure ou privée, l'Histoire est incomplète et ne nous montre l'Humanité que de profil.

Mais les mœurs anciennes, de jour en jour, se retirent et s'effacent. On en trouve à peine quelques vestiges dans les profondes vallées où les idées nouvelles n'ont point encore pénétré, et cependant, quelle lumière ne jettent-elles pas souvent sur toute une époque !

Les lois nous touchent de si près que la raison nous invite à remonter à leur source, à reconnaître leur influence et leurs résultats.

Les inventions et les découvertes sont, en général, si importantes, qu'en recherchant avec soin les noms de leurs auteurs, nous ne faisons guère qu'échapper à l'ingratitude. Toutefois, nous avons ici un grand avantage. En effet, lorsqu'il s'agit de faits religieux ou politiques, et surtout dans ces crises de la vie des peuples qu'on appelle des schismes ou des révolutions, la probité de l'historien peut être suspecte, parce que nous savons par nous-même que l'homme est, alors, plus ou moins entraîné par ses croyances ou par ses sympathies. Mais il n'en peut être ainsi pour les faits domestiques et industriels, qui s'accomplissent évidemment et se transmettent hors de toute influence religieuse ou politique.

Les modes elles-mêmes, sous une apparence légère, ont sur la société une action qu'on ne remarque peut-être pas assez, et quelque chose de mieux que la curiosité s'intéresse à savoir ce que nous traduisent parfois leurs caprices.

En allant reprendre au passé tant de souvenirs divers qu'il emporte déjà loin de nous, nous avons voulu réunir, dans ce *Complément de l'Histoire*, toutes les satisfactions qu'un digne Élève peut désirer.

Toutefois, nous avions deux écueils à éviter : ne pas étouffer les faits, pour être laconique ; et ne pas les amplifier, pour faire de l'érudition. Nous espérons que tous nos efforts dans ce but n'auront pas été infructueux.

Ce travail exigeait, sans doute, une infinité de minutieuses investigations ; mais tout cesse d'être pénible, dès qu'on écrit pour de jeunes intelligences qu'on respecte et qu'on aime.

Complément de l'Histoire.

ÉCLAIRAGE.

L'éclairement est l'effet utile de la lumière, l'éclairage est le moyen de l'obtenir.

L'éclairement par le soleil ne concerne guère que l'architecture, qui doit le ménager avec art dans la construction de nos édifices et de nos maisons.

L'éclairement artificiel est le seul qui doive nous occuper, et l'éclairage, ici, devient un problème permanent et de plus en plus difficile, parce que l'exigence des besoins dépasse le progrès des méthodes.

Une lumière affaiblie convient au recueillement et à la prière. Mais l'imagination, qui s'attriste aux pâles lueurs d'une lampe, se relève et s'égaie sous l'influence d'une vive clarté.

Pendant quelques siècles, sans doute, la lumière du foyer fut la seule qui dût succéder à celle du jour. Mais on remarqua naturellement que certains bois, les bois résineux, par exemple, ont un pouvoir éclairant bien supérieur. On les retira du foyer pour en faire des torches. Toutefois, la fumée produite par ce mode d'éclairage fit songer d'abord à isoler de ces bois la résine qu'ils renferment. Puis vint l'idée de tremper des fibres ligneuses dans cette résine, et l'éclairage fit ainsi un grand pas.

Cependant la chandelle de résine exigeait qu'on la brûlât à l'air libre, ou du moins sous l'âtre de la cheminée, car elle produit encore une épaisse fumée. La combustion spontanée de l'huile manifesta l'avantage qu'il y aurait à la substituer à la résine, et la lampe fut inventée.

L'historique de la lampe offre quelque intérêt. Mais nous devons, pour ne pas tourmenter les dates, donner quelques détails à un autre mode d'éclairage qui fit aussi des progrès dans une direction différente. Vers 1300, la chandelle de suif vint primer celle de résine. Mais elle resta longtemps un objet de luxe, et l'éclairage continua au moyen de l'huile ou du beurre pour les bourgeois, et de la résine pour le peuple. Au dix-septième siècle, la chandelle de cire remplaça celle de suif et fut appelée bougie, du nom même de la ville de Bougie (Algérie), qui faisait alors une grande exportation de cire. La bougie dut surtout à sa propreté le privilége de remplacer la chandelle dans les salons des princes et même de la bourgeoisie. Elle s'est successivement perfectionnée en devenant plus blanche, plus dure et plus diaphane. Elle est encore un mode élégant d'éclairage pour les maisons les plus splendides. Mais, pour l'éclairage public et pour les grands établissements, on lui préfère le bicarbure d'hydrogène.

En présence de cette nouvelle rivale, la lampe dut elle-même marcher au progrès.

Chez les Anciens, les lampes étaient variées de nature et de forme. On en faisait en terre cuite, en cuivre, en argent et même en or. Elles n'eurent d'abord qu'un seul bec, mais le nombre des becs fut successivement augmenté. On disposait les lampes comme un lustre, en les étageant les unes au-dessus des autres. Leur forme était simple et portative. Mais la lampe présentait un inconvénient; car, le niveau de l'huile baissant sans cesse par la combustion, la clarté s'affaiblissait aussi graduellement. Du reste, elle n'était guère employée que dans les temples et dans les tombeaux.

Le perfectionnement de la lampe fut retardé par l'ignorance complète des principes de la combustion.

Le seul progrès ne consista guère qu'à remplacer la mèche ronde par une mèche plate qui, présentant plus de surface, donne en réalité plus d'éclat. Plus tard, le chimiste Proust résolut le problème de maintenir l'huile dans un niveau constant.

Enfin, la science ayant expliqué le phénomène de la combustion, on chercha le moyen de fournir à la flamme le plus d'air possible.

On inventa la cheminée de verre. Cette cheminée a le double avantage de déterminer un courant d'air permanent et d'empêcher les oscillations de la flamme qu'elle abrite des courants d'air latéraux.

Argand fit faire à la lampe un autre progrès immense en remplaçant la mèche plate par la mèche cylindrique, car la flamme est alors servie par un double courant d'air : l'un extérieur et l'autre intérieur. Il en résulte que le centre de la flamme ne présente plus cette partie bleuâtre qui, dans la mèche plate, n'a pas d'effet lumineux. Dans l'année 1785, Quinquet, en réunissant le niveau constant de Proust au bec cylindrique d'Argand, créa cette lampe déjà supérieure, qui porte son nom.

Mais le quinquet avait l'inconvénient de projeter une ombre, parce que le réservoir de l'huile était latéral, c'est ce qui a fait imaginer les lampes *sinombres* (sans ombre). Dans ces lampes, le réservoir, circulaire et à hauteur du bec, porte un globe dépoli qui, par son effet, neutralise presque complètement l'ombre du réservoir et des conduits.

En substituant au globe dépoli un abat-jour métallique, Bordier-Marcel créa sa lampe *astrale*.

Carcel, Gérard et Thilorier ont successivement cherché à résoudre le problème de placer le réservoir au-dessous du bec, tout en maintenant le niveau de l'huile par un mouvement d'horlogerie.

La lampe, ainsi perfectionnée, semblait désormais souveraine, lorsque, en 1805, l'Anglais Murdoch introduisit l'usage du gaz extrait de la houille (bicarbure d'hydrogène). Murdoch ne faisait du reste que réaliser l'idée émise en 1785 par l'ingénieur français Lebon.

Remarquons d'abord que c'est toujours le bicarbure d'hydrogène qui produit la lumière dans les divers éclairages par la chandelle, la cire ou l'huile. C'est même le seul combustible qui puisse servir véritablement à l'éclairage.

En effet, l'oxygène, l'un des éléments de l'air, est l'agent principal de la combustion. Or l'oxygène, qui a la propriété de s'unir à tous les corps simples, produit toujours, en se combinant avec eux, dégagement de chaleur. Mais il produit rarement dégagement de lumière, et c'est précisément le seul cas qui doive ici nous intéresser. Non-seulement le nombre des corps, qui peuvent faire naître ainsi le phénomène lumineux, est déjà fort restreint; mais encore, pour être appliqués à l'éclairage, ces corps doivent réunir plusieurs autres conditions indispensables : il faut qu'ils brûlent dans l'air, que la chaleur dégagée par la combustion soit suffisante pour la continuer, qu'ils soient à bas prix et que les produits de la combustion n'aient aucune action nuisible sur l'économie animale.

Le bicarbure d'hydrogène est le seul qui jouisse de ce privilége; et c'est ce combustible qu'on recherche dans les substances solides, liquides ou gazeuses qui servent à l'éclairage. Quelle que soit donc la substance employée, il faut toujours qu'elle soit réduite à l'état gazeux pour produire une flamme, car une flamme est un gaz qui brûle.

Si le corps qui doit fournir le bicarbure d'hydrogène est solide, par exemple, le suif, il est aisé de comprendre comment s'effectue la combustion qui doit produire l'éclairement. Aussitôt que la mèche d'une chandelle est allumée, la chaleur fait fondre la partie la plus voisine de la flamme. Il se forme ainsi, au pied de la mèche, un bain liquide qui est contenu par la circonférence ; car cette partie, plus éloignée du foyer, reste plus longtemps solide. Le suif fondu s'élève dans la mèche par l'action capillaire et se décompose à mesure qu'il arrive dans la région de la flamme. Toutefois, les vapeurs combustibles qui prennent ainsi naissance, ne pouvant brûler qu'au contact de l'air, présentent un noyau obscur entouré d'une enveloppe incandescente. Et quand ces vapeurs sont imparfaitement brûlées, elles produisent une odeur désagréable.

La décomposition de la cire et de l'huile s'opère d'une manière analogue. Mais la bougie présente une mèche plus ténue et qui se consume elle-même, d'où résulte qu'il se dégage beaucoup moins de matière charbonneuse. Quant à l'huile, elle est naturellement chargée de mucilages non volatils qui encrassent la mèche, de telle sorte qu'après plusieurs heures, il y a diminution d'éclairement sans diminution de dépense. Il faut donc l'épurer.

L'épuration de l'huile est fort simple, il suffit d'y verser 2 p. % d'acide sulfurique qui charbonne les substances mucilagineuses, et, par une certaine addition d'eau, ces substances se précipitent au fond du récipient.

Toutefois, l'industrie dut songer à chercher dans d'autres corps le bicarbure d'hydrogène. Le docteur Clayton, en 1737, apprit à le retirer de la houille par distillation, et c'est ainsi qu'on obtient le gaz ordinaire de l'éclairage. Cependant d'autres tentatives ont été faites dans ces derniers temps. Nous ne dirons qu'un mot de l'éclairage par le gazogène (ou hydrogène liquide), malgré les perfectionnements de M. Robert.

Et d'abord, pour comprendre l'hydrogène liquide, n'oublions pas que les essences sont trop carbonées pour être propres à l'éclairage, et que l'alcool, par exemple, est trop peu carboné. Mais, en calculant les proportions convenables d'essence et d'alcool, on peut avoir un liquide qui donne exactement le bicarbure d'hydrogène. Ce liquide, c'est le gazogène. La flamme qu'il produit est assez blanche, ne donne pas de fulginosités et n'a point d'odeur. De plus, la mèche cachée dans le bec peut servir durant plusieurs jours sans être rafraîchie quotidiennement. M. Robert conseille de ne la changer que de semaine en semaine. Enfin, on peut manipuler la lampe sans crainte de se tacher. Ce sont là des avantages réels sur l'emploi de l'huile. Mais l'hydrogène liquide est odorant. Et comme il est très-volatil et peut s'enflammer même à distance par suite de sa facile vaporisation, il présente surtout des dangers d'incendie qui ne permettent de confier la lampe qu'à des mains sûres.

L'Eclairage par le bicarbure d'hydrogène retiré de la houille est le plus économique. En effet, à égal éclairement, l'éclairage à l'huile coûte deux fois plus que l'éclairage au gaz ; l'éclairage à la chandelle, de trois à six fois autant ; et celui de la bougie, de neuf à douze fois autant. Car la flamme de la chandelle ou de la bougie est très-inférieure à celle d'un bec de gaz ou de lampe. Ajoutons, contre la chandelle, l'inconvénient du jeu continuel des mouchettes et le désagrément presque inévitable des stalactites.

Toutefois, à surface égale, la lumière solaire est 80,000 fois aussi intense que celle du gaz, et 321,440 fois aussi brillante que celle de la Lune.

Il est vrai que la Physique a, dans la pile voltaïque, un mode d'éclairage infiniment supérieur au gaz le plus éclatant. Mais l'industrie n'a pu le mettre encore en pratique, car cette conflagration électrique offre de grands dangers.

Enfin, depuis la découverte faite en 1825 par Drummond, la science peut produire une lumière presqu'aussi éblouissante que la lumière électrique. Ce procédé consiste à faire traverser une flamme d'hydrogène par un jet d'oxygène, et à projeter le dard lumineux sur un fragment de chaux vive. Mais ce procédé présente des dangers qui le rendent encore impraticable. Il serait bien à désirer que l'industrie pût faire la conquête de ce magnifique mode d'éclairage, car la lumière qu'il donne est quinze cents fois plus éclatante que celle du gaz.

Nous applaudissons avec espoir aux recherches faites dans ce but par M. Gaudin, qui se propose de réaliser ce mode d'éclairage sous le nom de *flamme sidérale*.

Assurément, ce serait une merveille féerique de voir ainsi l'immense ville de Paris éclairée par un phare ou plutôt par un astre artificiel placé à la hauteur de 160 à 170 mètres; et tout cela, avec une incroyable économie.

www.ingramcontent.com/pod-product-compliance
Lightning Source LLC
LaVergne TN
LVHW012017170826
845678LV00004BA/1529

* 9 7 8 2 3 2 9 6 1 9 5 0 7 *